mariana torres

nasceu no Rio de Janeiro, em 1979. Formada em Jornalismo, com Pós-Graduação em Sociologia Política e Cultura pela PUC-Rio, é escritora e roteirista. Na TV Globo, escreveu novelas e séries como *Maysa, Em Família, Os Dias Eram Assim e Ilha de Ferro,* entre outros títulos. É autora dos livros *Danem-se os normais* (Editora Leya) e *Autores: histórias da teledramaturgia* (Editora Globo). *Isto não é um poema, mas parece* é seu primeiro livro de poesia.

FOTO: FABRÍCIO MOTA

ISTO NÃO É UM POEMA, MAS PARECE

mariana torres

editora Urutau
primeira edição
2022

O —

editora Urutau

avenida peirao besada, 6 - 2D
36163 poio-pontevedra
(espanha)

rua cajus, 478
jardim das cerejeiras, cotia — sp
brasil
06724-015

[+55] 11 94859 2426 [brasil]
[+34] 644 951 354 [galiza]

www.editoraurutau.com.br
contato@editoraurutau.com.br

[EDITORA]
debora ribeiro rendelli
[REVISÃO]
luciana quintão
[PROJETO GRÁFICO]
wladimir vaz
[COORDENAÇÃO GRÁFICA]
tiago fabris rendelli
[DIAGRAMAÇÃO]
victor h. azevedo
[CAPA]

dados internacionais de catalogação na publicação (CIP) de acordo com ISBD

torres, mariana
T693i isto não é um poema, mas parece / mariana torres. — cotia : urutau, 2022. 64 p. ; 14cm x 19,5cm.

ISBN 978-65-5900-256-6

1. literatura brasileira. 2. poesia. I. título.

CDD 869.1
2022-1301 CDU 821.134.3(81)-1

elaborado por odilio hilario moreira junior - CRB-8/9949

sumário

Para meu pai, Lula

*

imagina a menina com o cabelo sedoso dos anúncios de shampoo que ela ainda não pode comprar – sua mãe compra. Imagina nascer com o mesmo formato de rosto de sua mãe, incluindo o nariz. Imagina não ter idade suficiente para compreender a força de um nariz na personalidade. Imagina entender a relação proporcional entre força e personalidade. Imagina os anos avançarem, as pernas encabelarem e o nariz crescer mais do que olhos e lábios. Imagina o pólen das primaveras secando o nariz da menina. Imagina a menina despertar pela manhã com dois peitos e uma vagina úmida. Imagina a vagina úmida e intocada da menina. Imagina a mulher que deseja ser tocada. Imagina a mulher num bambolê. Imagina a mulher atravessando o Afeganistão. Imagina a mulher que decide meter a faca no nariz. Imagina a mulher que leva anestesia. Imagina a mulher que mata a maternidade. Imagina a mulher que jejua do casamento. Imagina a mulher que escapa de um tiroteio. Imagina a mulher que sofre um estupro. Imagina a mulher que extrai os seios. Imagina a mulher que precisa viver o luto. Imagina a mulher após o luto.

Imagina uma mulher.

— *Isto não é um poema.*
— *Mas parece.*

autorretrato pós-poético

Por todo canto ecoa a voz enfática de um guru tarado
"Seja você mesma"
Uma apropriação cretina de Shakespeare com falsetes de Cristo
(cobrada em dólares)
Ontem, não havia a massa de gurus cruzando a Nossa Senhora
de Copacabana
Ou talvez eu ainda não estivesse crescida
Há registros de eu mesma para além dos impressos na certidão em
meu nome já corroída em algum cartório de minha cidade natal
O escrivão não trabalha mais lá
O *lá* mudou de endereço há tempos
Mudam-se os números, as crenças, as fronteiras geográficas,
o amor ao próximo
Eu mesma também muda com a pressa de quem não dura
Uma pilha de cartas ilegíveis
As palavras úmidas, de alegria ou lamento, desbotadas pelo tempo
Há um verbete sobre o feminino ainda não escrito
Ao alcance do meu polegar
O polegar muda de cor se a mulher deseja
Quando violeta, amor ao florista
Se cor de carne, viço de moça
O desconsolo é planta e pele apodrecerem sem piedade
Como a dor insuperável que todo reflexo esconde

Veja, você pode se deitar sem peito à noite e acordar com
dois na manhã seguinte

Hoje cedo
Atraída pelo sino da igreja, bati a porta de casa sem o sutiã
Com os seios soltos, antevi o abandono
Abandonar-se
Enfim, o estado indolor da descoberta: eu mesma
Subi as escadas da igreja agradecida
Os seios balançantes
Por Deus, como me olham!
Ainda há gente com medo do corpo de uma mulher?

às vezes é melhor não sentir nada do que sentir certas coisas

Esta manhã, uma água-viva queimou minha pele no mar de Copacabana
Cravou meu pescoço, sem arrancar pedaço
Ontem, a costela esquerda pinçou o músculo próximo ao coração
Não era despedida, era saudade
Ano passado, um amor partiu sem levar o jogo de panelas
Deixou as chaves na portaria, em envelope rasurado com letras vermelhas
Ha vinte anos, pressenti o anúncio da morte de meu pai nos olhos apáticos do cardiologista
Disseram-me, com a curiosa entonação de algo bom: "finalmente descansou"
Diariamente, a vontade de confessar que penso em você
Não somente aos domingos
Mas também às segundas
Às sextas, meu corpo cintila sobre o seu
Às terças, os planos para os próximos anos
Às quartas, a cabeça em meu ombro

Antes que eu acenda o abajur, você se veste
E pondera ser melhor não sentir nada do que sentir certas coisas

controle remoto

A fruta é do conde, mas a boca é minha
Engulo o leão e engasgo com a carniça que me parece mais suculenta
Papilas gustativas são elevações do epitélio oral e nasal
Além de lâmina própria da língua
As papilas – minhas e do conde – podem ser circunvaladas, foliadas e fungiformes

(cada um na sua, mas com alguma coisa em comum)

Lambo os beiços sem vergonha da saliva que respinga na camisa encardida ao meu lado
Um cuspe não é uma faca

O remédio para emagrecer aumenta meu apetite
Ontem foi peixe, creme de espinafre, pasta de amendoim
Ontem era Alemanha, tênis *Nike* e eu fugindo do campo de concentração
Acabei em Madri, sem casaco, sonhando com conhaque e cabelos descoloridos
Mas despertei ao som do *bang-bang* em plena Praça Paris

Não, não era o relógio biológico
Também não eram suas mãos sobre a carne flácida de minhas coxas
Era preguiça de largar a manta sobre o sofá
E temperar a água antes do amanhecer

coisas que já me disseram 1.0

Oi, bonita!
Oi, querida!
Oi, baby!
Oi, delícia!
Oi, gulosa!
Oi, *diosa*!
Oi, rainha do mel!

costura

Enquanto descanso, teimo em organizar a fantasia:

a. Apresentação ao cair da tarde
b. Dois corpos em um campo magnético
c. Vaga-lumes resistentes a tempestades frias

Enquanto aguardo, inflo
Sabor de dias mentolados
Lampejos de sombras íntimas – será a isso o que chamam carma?
Coragem de beber o elixir, amargo, um gole seguido do outro
Temor de não fazer efeito?
Ou do transbordar de euforia?

Acredito quando me diz que entorta garfos e objetos metálicos
Sorrio enquanto explica o valor de amassar cédulas de dinheiro
Imagino *closes*, fusões e planos-sequência a cada cigarro à meia luz

— *Foreshadowing about you and me, baby.*
— *Baby?*

E costuro cada retalho teu
Palavra sobre palavra
Na busca solitária pelo verso de métrica perfeita

Enquanto me esforço, espeto os dedos
E me assusto com a vontade de ser sua concha quando quiseres adormecer

*

voltei de são paulo de avião
mas subo o prédio pelas escadas
O contraste do preto das botas com o vermelho dos azulejos me atrai
As mãos tropeçam em restos de biscoitos na bolsa
Busco chaves, mas atolo na farinha
É sempre uma confusão sair e voltar para casa
Um cheiro de corpo que não se despede
A casca do ovo é frágil
Mas o protege de virar omelete
Eu, se rolo azulejos vermelhos, frito

A farinha borrou nossa foto 3x4
Deixou minha face metade humana, metade bicho
Como nos programas de televisão que você gosta de assistir
Animais famintos devorando animais indefesos
Eu aperto os dedos dos pés, nervosa
Você gosta de dizer que somos iguais quando tocados pelo desejo
Essa força capaz de transformar pele em carcaça

Destranco a porta
Você me sorri do sofá

o amor é um filósofo magro e tímido pulando em uma lagoa

Eu te ofereço rimas, maçã do amor, *nudes*
Eu me amoleço, me enlaço em suas pernas gastas
Ouço teus olhos sussurrarem, cegos
Você recua, mas eles se fixam
O garçom nos sorri, simpático:
— *Não preferem embaixo da mesa?*

Papai, mamãe, vovô, tataravô – assim, com circunflexo: ^
— *Circunflexo, pra mim, são duas pernas abertas. Pra baixo ou pra cima. E você, o que vê?*
— *Um filósofo magro pulando em uma lagoa. Magro e tímido. O último metafísico descalço.*

Você me conta causos, repete histórias do século que já se passou
Como um bravo herói em dia de glória, rumo às conquistas vindouras
Eu a escutar sua flauta, estúpida serpente enfeitiçada
Não gosto de guerras
Tampouco me interessa o Paraguai
Mas minto
Discurso sobre a Tríplice Aliança com a voracidade de quem come biscoitos amanteigados pela primeira vez

— Você é bonito
— Na escola ninguém me dava bola
— E aprendeu o que sabe com quem?
— Com a roommate de um amigo da Tijuca

Você segura meu cabelo
E prefere varrer a casa pela manhã
É tarde, estamos suados
E eu, atarefado

E, além do mais, você corre o risco de ficar careca de vez se ficar

mudar de casa

Mudar de casa acumula caixas
E calos
Já abri cortina para o mato, o verde reluzente de primavera eterna
Já fechei janela esquivando-me de baratas voadoras, uma farra promíscua e suja
Já perdi esquadrias por excesso de maresia, o salzinho másculo que gruda
Já madruguei em varanda para admirar a lua, doce emoção juvenil
Já sofri de insônia por choro de criança faminta, uma chatice com eco
Já escapei de tiroteio rolando pela sala, o terror das cidades desiguais
Já invadi jantares, a surpresa festiva de bons encontros
Já garanti marquinha de biquíni em chão de taco, é bom cultivar o bronze
Já fui chamada de herege por amaldiçoar badaladas do sino da igreja, uma pecadora convicta, amém!
Já amei como se apenas meu corpo ocupasse o edifício de vinte andares, o gozo recomendado de toda manhã
Já invejei os domingos da porta da frente, a solidão de quem tem sofá de menos de dois metros

E guardo meu plástico-bolha como quem empacota pêssegos
frescos
À espera
Do próximo caminhão

sem pó

Percorro a casa com balde e pano na mão
É a goteira da noite passada que me deixou com olheiras
Ah, não me olhe nos olhos!
Esse ano não sobrou tempo pra viver
Acabou formando poça por todo canto do corpo

Escapei de um temporal
Poderia ter sido carregada pela chuva
Ou pelo vento
Os cabelos úmidos
As mãos trêmulas
Mas não de frio, de medo
Era destampar ou sobreviver
Agora, lidar com o incômodo que cresceu entre o queixo e o peito
Um caroço de centímetros consideráveis que me enfeia a aparência

Vem, me toque
Você deve estar quente

Uma mulher pode ser geleira, espuma, areia
Pode ser pântano, poço
Pode ser jorro, líquido
Uma mulher pode ser canto, silêncio, brisa

Aos berros, aos pingos
Uma mulher traz sempre um enamoramento atado ao punho
Uma mágoa que regurgita
Um segredo guardado a sete chaves
Uma frase de autoajuda para despistar desinteresses

Agora
Cuidar do caroço
Disfarçar as olheiras
Represar a água que vaza pelos cantos do corpo
Mas não toda

coisas que já me disseram 1.1

Vamos fazer um *love romance*?
I put a spell on you.
Estou com saudades, vamos matar?
Eu gosto de observar, mais do que agir.
Quero te ver. Interessa?
Vamos fazer um *love romance*?
Você podia exibir mais a sua beleza.
Você podia usar uma saia mais curta.
Você podia fazer uma massagem em mim.
Você podia dormir aqui.
Vamos fazer um love romance?
Manda uma foto?
Manda a outra foto, a que você tirou em seguida.
Não é objetividade, é sacanagem.
Que horas você vem mamar?
Na última vez em que estivemos juntos, não comi você o suficiente.
Santo é coisa de igreja, linda.
Vamos fazer um *love romance?*

breu

Fecho os olhos sem alarde nem brio
O que vejo é sombra
Ou reflexo
Ou seja lá como se define uma forma na penumbra
Estou projetada e não me assusto mais
Tampouco me julgo, empolada de espanto
Encaro o contorno do meu corpo
Conformada
Não como algo ruim, mas
Com conforto
Com afago
Como deveria ser
Algo assim
Como pele acalmada pela lembrança do cheiro de talco de vó

É escuro aqui, nunca me deparei com nada parecido
Apesar de me encarar faz tempo
Ainda há sinal de estrada
É possível ver, apesar das curvas e desníveis
E da ausência de luz
Quer você torça por mim ou deseje meu fim, consigo ver

Você já encarou a tormenta de um dia que não existiu?
Você sabe me dizer onde fica o interruptor?

partes do corpo humano

Marquei o encontro para amanhã
Vamos ao quarto próximo à garagem
O quarto é pequeno
Pode ser embaraçoso permanecer ao seu lado
Onde coloco a mão?, você perguntou
Coloque-a em mim, eu respondi

Cinco anos depois, o quarto demolido
O pedreiro encontrou um pedaço de sua mão entre os tijolos
Os dedos enferrujados pela falta de uso
Curioso você nunca ter dado falta...
Eu, quando perco um pedaço de mim, desmonto inteira

um dia escrevi isto (não lembro se estava feliz ou triste)

Uma manhã de domingo
Numa tarde de sol
Na cidade de estrelas
De um fim de noite solitário

E em todos os sorrisos
Eu sei que é você
E os beijos de todos
São todos tão teus

Só me basta saber
Na paisagem da janela
Que das tantas vidas passando
Eu só quero a tua

a incerteza

Convivi alguns anos com o temor da despedida
Dias e noites atormentada, à espera de um milagre
O padre pregava, eu movia os lábios, fingia seguir o cântico
Tende piedade de nós?
A alma em vigia constante
O coração acobreado pela fúria
Tende piedade de nós?
Até que o tempo se cansou da repetida prece
Acertou a jugular sem chance de sobrevivência
Não sobrou nem canto, nem fé
Somente a falta
A cama com os lençóis vencidos
O corpo exasperado pela saudade

Sua angústia ainda reverbera em meus braços
Nós dois abatidos, indispostos com o mundo
Não desceu anjo para nos guardar
Nem mesmo Deus quis dar conta do caso
Hoje, a estranha adoração por um lugar onde nunca estive
Os olhos pisados, presos às lembranças perpétuas
Quanto tempo mais?

Comecei a praticar meditação
E também esgrima
Duelar contra mim mesma tem sido a maneira de me aproximar da sua ausência
E – creia – sigo dedicando os domingos às missas da igreja da esquina de casa
Uma espécie de *happy hour* com as horas
Invento orações e floreio a sacristia
Há sempre um altar a ser contemplado
Você sabe, nunca tive talento para fim de festas
Beberrona, confessei ao padre na última semana:
Maior que a cruz, só mesmo a saudade

umidade

Meus olhos reclamam da aspereza seca do tempo
Talvez seja melhor lacrimejar
A questão é se deságuo de vez
Capaz de derrubar as paredes da casa com o aguaceiro
Talvez melhore se deixasse o ar circular
Sento, levanto, sento
Puxo as cortinas, o dia quase encerrado
As folhas verdes acinzentadas pelo avançar da hora
Meus olhos voltam a se queixar
Justo hoje, que estou frágil...
Melhor seria amanhã
Ou mesmo anteontem

Meu corpo coberto pelo vestido puído
O mesmo que usava quando te vi pela primeira vez
Talvez tenha passado da hora de encaminhar à doação
É penoso me desfazer do tecido
Mesmo gasto

Espirro uma, duas, sete vezes
Dramática, me rendo à alopatia
O comprimido interrompe a coriza, mas não sei se me fará esquecer você

coisas que já me disseram 1.2

Você pode ter o homem que quiser.
Você é o tipo de mulher que demanda tempo.
Você é o tipo de mulher que me faz apertar os cintos.
Você é o tipo de mulher que a gente precisa levar para o litoral catarinense.
Você é o tipo de mulher que assusta.
Você é um perigo.
Você é uma força da natureza.
Você causa impacto.
Você sabe viver.
Você é uma estrela da putaria.
Você é o Zico do meu time.

calendário

Não existe recomeço
A terça-feira vem após a segunda
Assim como maio precede junho e o Natal reúne a maioria das
famílias em dezembro
Quer você esteja esperançoso ou preso à cama, é assim

Nunca tive vocação para peregrina
Contento-me, sem lástima, em arrancar as folhas do calendário
Um exercício de aprimoramento da caligrafia diária
Mecânico

Há muitos semelhantes por aí
Narradores perdidos em esquinas castigadas pelas marcas do tempo
Sofrem da ansiedade desordenada que nos faz devorar maços de
cigarro
e morrer um pouco a cada manhã

Ainda assim acreditam na iminência
O ardor anterior à languidez
A euforia motivadora da realização
O desejo
Pelo qual vale o sacrifício

máquina do tempo

A luz fria provoca a ilusão de ainda ser dia
Mas é madrugada
Ou quase manhã
A médica é branca
As mãos, maltratadas
As cutículas machucadas revelam as beiradas dos dedos
Dedo tem beira?
A médica exala um cheiro de assepsia enjoativo, que me atrai
Eu a encaro, apesar da náusea
Tudo chega apressado aos sentidos em um hospital
Menos as notícias sobre a dor do enfermo
Insuficiência cardíaca não deveria ser sinônimo de coração grande
O novo boletim me fratura em nacos afiados
Fatura exposta, meu pesadelo de criança

Quando menina ouvi mamãe contar sobre a fratura exposta de tia Beatriz
Pobre Bia — mamãe lamentava — condenada a passar o resto da vida em uma cama
Mamãe levava as mãos à boca
Desolada com o padecimento da irmã
Noites e noites sonhando com tia Beatriz
Ela com três cabeças

Chegou a ter cinco, certa vez
Vinha até mim e oferecia bolachas de coco
A forma desalinhada do corpo
A baba escorrendo pela boca
A cama presa às costas

Entrei em uma máquina do tempo
A fórceps

inseto em sessão espírita

Ela me segue pelo apartamento
A mosca
Entrou barulhenta, carente de atenção
Ontem à noite, recebi uma corrente pelo celular
Não a segui
Fui punida com uma insônia dos infernos
E com o zumbido de uma mosca baladeira
Tudo anda tão tecnológico, até crença
O homem já fez serenatas, já desbravou mares, curou pestes
Para atrofiar de vez os dedos em telas que avermelham os olhos
A mosca roçou meu ombro
Brigou pela banana amassada das crianças
A mosca
Será o prenúncio de algo bom?
Será o castigo pela falta de fé?
Conheço gente que despreza abraço de bisavó depois da morte
Abraço de bisavó eu aceito em qualquer ocasião: morta, viva,
entre a vida e a morte
Agora voou para dentro do quarto
A mosca
Tem um bailado desordenado que me é familiar
Deitou-se

Nunca vi bicho gostar de travesseiro
Será minha bisavó?

cortador de unha

Caju é a fruta preferida de minha prima Madalena
Ela mora no Sul, não no Nordeste
Vez ou outra, Madalena aproveita o verão
Apesar de faladeira, não gosta de mergulho em águas fundas
Somos feitas de contradições, prima!
Rimos
Há vinte anos, Madalena ensinou-me a regar meu jardim
Dia sim, dia não
Deixar a terra úmida
Vejo-o florescer, a despeito da estação
Cultivo espécies raras
As mais frágeis desistem
Não por inaptidão, mas por respeito ao tempo
Rios secam
Amigos quebram promessas
Trepadeiras empenham-se em crescer
É belo o cultivo da espera
Encaram sol, geada, formigas e celofane de bala chiclete
Vira-latas, Madalena! Como nós!
Rimos
Algumas manhãs, certas espécies despertam murchas
Com o avançar da hora, recuperam o fôlego
Enroscam-se umas às outras

Silenciosas e famintas
Por essas e outras, Madalena acredita em sabedoria
E desistiu da manicure

coisas que já me disseram 1.3

Hoje não vai dar. Tenho que ajudar meu tio na mudança.
Hoje não vai dar. Estou enfiado em uma faxina radical na minha casa.
Hoje não vai dar. Estou pintando meu apartamento.
Hoje não vai dar. Estou atarefado. Que tal na próxima segunda?
Estou quase dormindo. Vamos deixar para uma próxima oportunidade?
Estou no friozinho de Hamburgo. Vamos marcar na volta?
Voo atrasou. Podíamos ter comido o hambúrguer de salmão juntos...
Eu não vou furar, estou louco para te ver.
Eu te procuro. Não vejo a hora de pôr minhas mãos em você novamente.
Eu nunca te traí.
Estou quieto aqui, ouviu?

as avós

Já passa do final da manhã e os cílios ainda carregados
Tento seguir o canto de anjos da paz
Mamãe recomendou
Eles dão o ar da graça ao alvorecer
Tenha fé para ouvi-los
Mamãe repetiu
Devo ser mesmo pecadora, apesar da certidão de batismo
Mal consigo dormir
É tango, bolero, xaxado, bumba-meu-boi
Vem ni mim que eu tou facinha
Vovó tem o hábito de contemplar a filarmônica de Berlim
A única emoção do século passado que gosta de guardar
Um som de purificação
Vovó justifica
São puras as avós, todas as avós
Talvez a mulher chegue ao mundo pecadora
Exausta, despeça-se pura
Vou rezar um pai nosso que estais no céu amanhã pela manhã
Pedir que os cabelos embranqueçam de vez

leia a bula dos medicamentos

Engulo pílulas
Entupo as vísceras de açúcar refinado
Tomo chuva sem capa
Faço sexo por aparelhos eletrônicos
Você ainda em mim
Feito vestígio de terra em camiseta de criança
A mãe lava a roupa
Esfrega, esfrega...
Nada da brincadeira sair

Não espero muito dos dias
Tomo conhecimento do andar das estações pela intensidade da dor
Coloco os comprimidos sob a língua
Os moleques arrastam chocalhos, terrosos
Faço careta, eles acham graça
É o fel
O gosto de amora da casa da minha infância
Doce e ácido
Como o suor do seu corpo
Ouço um sopro
Um sussurro
Um diabo travesso que não me larga os ouvidos

Nunca me preocupei em decifrar certidão de nascimento
Apesar do hábito de ler bulas de remédios
O comprimido é de efeito imediato
Mas corpo custa a se livrar de mancha
Não há química que enxague pele
Nem mesmo o sabão em pó importado do mercado

capitão américa

Dormi com o vizinho do 608
Já passa das nove e ele ainda ressona
Dormir com o vizinho é bom pela proximidade
E ruim pela ausência de distância
Há sempre que se buscar oxigênio suficiente para dois pulmões desinteressados
Alivio a irritação com o antiácido que borbulha no copo sobre a bancada do banheiro
Papai sempre teve antiácido em casa
Antiácido resolve qualquer problema
Até velhice, papai dizia
Dor de estômago: antiácido. Dor de dente: antiácido. Insônia: antiácido. Cólica: antiácido. Enxaqueca: antiácido. Resfriado: antiácido. Impaciência: antiácido
Despejar o conteúdo em água natural
Beber com o pó efervescendo, num gole só
O vizinho desperta
"O antiácido precisa efervescer por completo antes de ser ingerido"
O vizinho nem escovou os dentes
Não havia reparado em sua cueca samba-canção — estampada com escudos do capitão América

"Basta ler as instruções, boneca"
Boneca?

Essa mania de super-herói dá uma azia danada

não gosto de meias

Fecho a janela com a dificuldade de um ancião
O vento gelado desperta um medo infantil
Faço pose de rainha do Egito em dia de inauguração de pirâmide
Aqui, o vento congela os pés e faz chover uma coriza dos diabos!
Lá, rolaria com serpentes bíblicas em areia quente
Queria mesmo era gostar de meias
Mas tenho repulsa ao sufoco
Quando úmidas, ainda entopem ralos em dias de tempestade
Como a que o vento anuncia para logo mais
A barriga ronca, devia ter ido ao mercado pela manhã
Mas cheguei à exaustão tentando descobrir o significado da palavra *cassiopeia*
Reparo nas folhas mortas da planta no vaso de barro
Não sei cuidar de plantas
Nunca me explicaram o sentido da palavra *cuidado*
Saberia me dizer?
Ouço o zumbido em frente à janela
Não, não falo da guitarra
Não, não é anúncio de chuva
São onças dançando com lobas
Sem meias

coisas que já me disseram 1.4

O que você acha do Rubem Braga?
Você não completa as frases corretamente
Você não faz bom uso do vocabulário
Você me deve a metade da pizza de calabresa de ontem
Você tem um pentelho branco
Você tem muito na frente, pouco atrás
Você não é a Cléo Pires
Você não sabe sobre as coisas da vida
Você é a café com leite do time
Você tem potencial
Você é uma falsa fofa
Você sente demais
Nunca cogitei nada a longo prazo com você
Por que você ri tanto?
Rubem Braga, me fale de Rubem Braga

árvore genealógica

Me coço inteira, da cabeça aos pés
As mãos friccionam a pele, dispersas e esquecidas
Rodar atrás do próprio rabo dá nisso
Uma falta de ar que embaraça
Estou há dias com os óculos engordurados
Em busca de gente com conhecimento científico
A coceira talvez venha do excesso de pó
Ou da raiva
Tenho tido delírios que assombram meu esqueleto com RG
Na pia, lavo o rosto em ondas de água salgada
Lá fora, vejo nuvens pintarem as bochechas de rosa chiclete
Aqui dentro, insisto ser esparadrapo

Reparo nas bocas apáticas de meus antepassados nas fotos dos porta-retratos
Ou eles cochicham ou a coceira levou-me também a audição
Parente é uma esfinge desgraçada
Olham-te com a certeza de que enxergam suas tripas
Mas quase nunca aguentam o cheiro de seu vômito

querido,

você não telefona
Tenho café para dois
Sofro com a gastrite
Mas é duro abandonar a cafeína
Essa droga que desce pelo esôfago e entrega taquicardias ao coração
Impossível resistir ao treme-treme no peito
Quente
Do lado de fora, a vida tão fria...
A televisão ligada
A hora apressada do almoço das segundas
As laranjas apodrecendo na fruteira
As mãos com cheiro de Mentirinha
Queimei o dedo médio pela manhã
Eu de camisola
Ele relinchando
Mais duro que o abandono do vício é o abandono do hábito
É como o roer as unhas
Um prazer automático
E fácil
Vício, hábito, medo...
Melhor varrer a sala, está tomada pelos fios de seus cachos
À primeira vista,
Julguei serem enroladinhos, enroladinhos

Engano meu
Desmancham com a facilidade de brinquedos japoneses feito por chineses

Agora há pouco, bateu a porta como um fugitivo
Assustou o frango temperado na pia
O bicho correu, abrigou-se na panela
A água fervendo
Morreu....
Lembra quando você insistiu em me levar a um centro espírita?
Para me livrar do café, dos cachos e das dores de estômago?
Você disse "obsessor" e eu entendi "dinossauro"
Querido,
Tanto a dizer...
E esse relógio que não quebra

diferença de interesses

— Eu gosto da sua companhia.
— Eu também.
— Eu gosto de você.
— Compreendo.

prateleiras

Olho a estante
Os sacos de lixo abarrotados
Vai ser difícil lacrá-los cheios assim
"Cada erupção de dejetos é uma torrente de descarrego", diz
a placa que trouxe de uma viagem de férias
Há uma mala grande na última prateleira, marrom e velha
Melhor guardá-la
É preciso se aclimatar aos poucos
Desfiz-me de quase tudo:
Diários com manchas de copo
Fotografias sem cor
Sementes de romã amarradas em folhas de louro secas
Um certo embaraço ao mexer com as memórias
A mais antiga, de uma panela de água quente escorrendo na
minha barriga
Eu, meninota, lançada ao chão da cozinha
A barriga em chamas
Meus olhos encharcados
As lágrimas insuficientes para conter o fogo
Assim como os gritos implorando socorro, papai e mamãe
A marca de queimadura encabulando a infância
Um trauma

Com o tempo, outras marcas juntaram-se à ela
Nunca param de chegar

Ao final, nem mesmo o corpo materno nos é familiar

coisas que já me disseram 1.5

Sua risada é muito bacana.
A minha pergunta sobre como você está não foi meramente retórica. Apesar da convenção.
Sempre achei sua versão do mundo bem divertida. Mesmo quando você fica furiosa.
Acordei com saudades dominicais de você. Domingo não tem a
[fisionomia da nostalgia?
Nutro ótimas recordações do nosso último *rendez vous.*
Tenho pensado muito nas suas pernas. Traga logo elas de volta para mim.
A lembrança de já ter te comido é uma das maiores alegrias que um homem pode desfrutar.
Penso em você como a Marquesa de Merteuil e em mim como o Visconde de Valmont.
Acordo todos os dias de pau duro, e ele permanece assim, como uma bússola que, em vez de apontar para o polo norte, se orienta em direção às regiões do sul de seu corpo.

enchente

Encosto a barriga na pia tomada pela louça de ontem
Teve festa, mas eu apenas me preocupei em não deixar os
convidados de sapato na sala
O tapete novo
A calçada suja
Uma antítese aflitiva para meu *mop* giratório
Alguns resistem
A combinação do salto alto com o vestido
A segurança que o salto confere à estatura
As unhas descobertas expondo a micose
Embaraços caseiros
Eu insisto
Que são rachaduras em pés íntimos se comparados à fuligem
[desconhecida?
A água da pia resvala na panela de cerâmica, respinga em meu rosto
Não reclamo, mesmo sem simpatia por gota
Se nuvem carregada me acena, sorrio
Perco casa, objetos, geladeira cheia
Encharco vestido de gala, cobertas de inverno e poemas inacabados
Brinco em poças turvas
Esqueço-me do itinerário
Uma sensação de mansidão
A enchente me carrega

Ainda que, vez ou outra, o corpo resseque
Gota não desperta saliva em pássaro graúdo

paraíso

Certa vez, caíram de minha boca as obturações
Um desejo louco por açúcar me fez devorar pacotes de caramelos mineiros
É a lei dos homens
Comer o fruto proibido e ser expulsa do paraíso
Os caramelos mineiros carregaram as obturações e a arcada
Uma sensação que me lançou às lembranças do dia em que cheguei ao mundo
O primeiro
Chorosa, as gengivas vermelhinhas no bico do peito de minha mãe
A doçura em gotículas de leite
O azedume com sopro de inocência

Banguela e crescida, esqueci o uso apropriado da língua
Cometi gafes ortográficas imperdoáveis
Confundi maçã com abóbora
Apolo com Narciso...
E não fazia ideia se deveria me despir ou me despedir

(que língua materna é essa que se torna tão estrangeira?)

Na casa de minha infância, a biblioteca ocupava um cômodo inteiro
Mas mal se sentia o cheiro dos livros

As portas dos cômodos permaneciam fechadas
Era a regra
As paredes azuladas da sala em contraste com o estofado antiquado do sofá
Os quadros com semblantes de palhaços tristes
O tapete de pele de bicho que amedrontava
A sujeira dos rodapés passava
Quase ninguém olhava para baixo
Era tudo gente de nariz para cima
Dicionário, Dostoiévski, Duchamp
Certo dia, esqueci-me da regra das portas
Escancarei
Acabei renegada, diante de dedos em riste e olhos arregalados
Com resquícios de caramelo nos lábios

o coração da mulher é uma máquina do tempo

Olho seu rosto em 2012
Pela película craquelada do meu celular 2019
Seu bigode é Marlon Brando 1970
O braço rabiscado em PB 2020
Amplio teus olhos em um close 1960
E envolvo nossos corpos em toalhas fio egípcio a. C.
Uma vidinha cadeira de balanço 1930

Provo uma bala
E me espanto com a curvatura de seu corpo
(as câmeras dos celulares engoliram nossos aparelhos
perceptíveis?)
Você tem a forma do nerd anos 1990
Seu bigode é ralo e as toalhas de seu banheiro arranham minha
cútis
Você beija mais o seu cachorro do que a mim
E nem elogiou o platinado do meu cabelo
Aquele *mood* líquido em busca do ano 0

lista do dia

Um coração movido à pilha reciclável
Uma gengiva verde esmeralda
Um casaco de lã bordado por irmã
Um bilhete de amor escrito à mãe
Um romance sobre roubar os anéis de Saturno
Um homem que escute uma mulher
Uma síndrome sem batismo
Um spray antipoluição
Um oceano sem plástica
Um cérebro em alta velocidade até os cem
Uma pílula estimuladora de química
Um pirulito que não provoque tesão
Uma minissaia que jamais seja culpada por um crime

* * *

■ primeira edição
■ maio de 2022